나에게 들려주는 예쁜 말
따라쓰기

글 김종원 · 그림 나래

상상아이

《나에게 들려주는 예쁜 말》을 읽으며
예쁜 말을 마음에 담아 보았나요?

이번에는 예쁜 말을 따라 써 보아요.
바른 글씨로 직접 써 보면서
내가 듣기에도 예쁜 말을
내 마음에 들려주어요.

예쁜 말로 마음을 채우면
하루하루가 행복해져요.

예쁜 말을 하는

_____ 에게

거울이 내게 물어보아요.
"너는 무엇을 말할 때 가장 빛나는 눈이 되니?"

가장 빛나는 눈은
내 마음속에 있어!

꿈을 떠올릴 때 내 눈은

모든 사람에게는 꿈이 있대요.

꿈을 떠올릴 때

내 눈은 가장 빛나고

마음은 행복해져요.

귀찮거나 하기 싫어서
자꾸만 미루고 싶을 때는…

누군가 버린 행운을 주워요

바닥에 떨어진

쓰레기를 주우며

말해 보아요.

"누군가 버린 행운을 줍는 거야."

어려운 일이 있을 때는
숨을 조금 더 깊이 내쉴 거예요.

다 괜찮아.

되는 게 하나도 없는 날

"그래. 그럴 수도 있지."

"다 괜찮아. 우울해할 것 없어."

나는 걱정은 조금만 하고,

좋은 상상을 자주 할 거예요.

"이건 나만 그릴 수 있는 그림이야."
"내 눈에는 이렇게 보여!"

느끼는 대로 그리면

느끼는 대로 그리면

세상에서 가장 근사한 그림을

그릴 수 있어요.

나만 그릴 수 있는 그림이지요.

내가 좋아하는 걸
친구는 싫어할 수도 있어요.

우리는 모두 달라!
그래서 좋아!

친구와 나는 다를 수 있어요

사람은 모두 달라요.

"친구와 나는 다를 수 있어."

상대방의 마음을 인정해야

친구 사이가 더 좋아져요.

인사로 좋은 마음을 전하면
내 기분이 먼저 좋아질 거예요.

멋지게 인사하면

"안녕. 보고 싶었어."

"안녕하세요."

멋지게 인사하면

더 멋진 사람이 될 거예요.

정말 중요한 것은 눈에 보이지 않아요.
할 수 있다고 믿는 만큼 해낼 수 있어요.

잘 자랄 거야.
　　　　내가 믿으니까.

마음에 씨앗을 많이 심어요

"난 뭐든 할 수 있어."

"일단 해 보자."

말은 씨앗이 되어 쑥쑥 자라

내 안에서 예쁜 꽃이 돼요.

실패라는 보물 상자를 열고
떨리는 마음으로 하나하나 살펴보아요.

쏟아져도 괜찮아.

실패는 소중한 보물

우리는 실패에서

무언가를 배울 수 있어요.

"또 어떤 실패를 할까?"

"다음에는 더 잘할 수 있어."

진실한 사과는
하는 사람 마음도 예쁘게 만들어 주어요.

미안할 때는

사과할 때는

나의 잘못만 말하면 돼요.

"네 마음 아프게 해서 미안해."

"내가 잘못 생각했어."

마음이 힘들 때나 기쁜 날에는
색으로 표현해 보아요.

오늘 내 기분은
맑은 노랑이야.

오늘 내 기분은 노랑

마음을 색으로 표현하면

내 마음이 더 잘 보여요.

"오늘 내 기분은 노랑이에요."

"나비처럼 날아갈 것 같아요."

거짓말을 하면 기쁘지 않아요.
마음이 무겁고 조마조마해요.

사실은 아이스크림을
먹었어요.

거짓말은 나와 어울리지 않아

내 마음에 솔직해야

맑고 투명한 하루를 만들 수 있어요.

"나는 나를 속이는 사람이 아니야."

"거짓말은 나와 어울리지 않아."

선물이에요.

나도, 나도!

곁에 있는 소중한 사람에게
좋은 마음을 전하는 건 무엇보다 중요해요.

덕분에, 곁에 있어서

"엄마 아빠 덕분에

오늘도 행복해요."

"곁에 있어서

마음이 든든해요."

친절하게 말해 보아요.

내 마음은…

지금 내 마음은

무언가 하기 싫을 때
무언가 하기 싫을 때

말해도 잘 모를 것 같을 때
말해도 잘 모를 것 같을 때

다정하게 내 마음을 설명해요.
다정하게 내 마음을 설명해요.

"지금 내 마음은…."
"지금 내 마음은…."

가끔 슬퍼서 눈물이 나도
씩씩하게 하루를 시작해요.

잘하지 못해도 괜찮아.

실수해도 괜찮아

"실수해도 괜찮아.

다시 시작하면 되니까."

"내 마음은 무엇보다 소중해."

다시 웃으며 하루를 시작해요.

기대하며 상상하면
하루가 희망과 도전으로 가득해질 거예요.

당근도 한번 먹어 볼까?

어떤 맛일까?

기대하며 상상해 보아요.

"당근도 한번 먹어 볼까?"

"어떤 맛일까?"

"새로운 맛은 어떤 느낌일까?"

신나!

더 소중한 것을 곁에 두어야
내 하루도 더 반짝이며 빛날 수 있어요.

장난감보다 소중한 것

갖고 싶은 걸 보며

설레는 마음도 좋지만

아끼고 사랑하고

지키는 마음이 더 소중해요.

답을 말하는 용기가 있어야
틀릴 수도 있어요.

드디어 완성!

틀리는 게 더 멋져

"틀려도 괜찮아."

틀리는 건 무언가

배울 수 있다는 뜻이에요.

나는 더 도전할 거예요.

입에서 향기가 사라지지 않는다면,
그 공간은 꽃밭처럼 아름다울 거예요.

향기를 맡아 봐!

꽃처럼 말해요

나는 못된 말이 나올 때마다

화내고 싶을 때마다

이 말을 떠올릴 거예요.

"나는 꽃처럼 말해요."

지금, 여기가 좋아요.
우리가 함께하니까요.

있는 그대로 사랑해요

부모님이 나를 아끼며

내 곁에 있는 이유는

나를 있는 그대로

사랑하기 때문이에요.

무엇이든
할 수 있어.

나는 내가 가진 모든 것을 믿어요.
믿지 못할 이유가 전혀 없으니까요.

상상하는 것보다 더

나는 내 생각보다 더 용감하고

할 수 있는 게 많아요.

또 내가 상상하는 것보다

더 많은 것을 해낼 수 있어요.

빛나는 하루야!

내게도 빛나는 순간이 따로 있어요.
나는 그 기적을 믿어요.

나라서 소중한 거야

모두에게는 각자의 색이 있어요.

나는 나다울 때 가장 빛이 나요.

"나는 나라서 소중한 거야."

"내 안에 있는 빛을 꺼내는 거야."

서로 곁에 있어서
웃음도 눈물도 나눌 수 있어요..

우리의 하루는

내가 사랑하는 엄마 아빠도

울고, 웃고, 화를 낼 수 있어요.

그래도 나를 사랑한다는 사실은

언제나 변함이 없어요.

세상에서 가장 아름다운 기적

내가 세상에 태어난 건

기적처럼 아름다운 일이에요.

앞으로도 함께할 하루하루가

정말 기대되어요.

뿌듯한 날도 있고 부끄러운 날도 있지만
세상에 나쁜 하루는 없어요.

모든 순간이 다 소중해

"열심히 했으니까 됐어."

"내가 아니까 괜찮아."

밝은 마음을 가지면

환한 기운이 나를 감쌀 거예요.

예쁜 말을 선물해요

예쁜 말은
함께 나누려고 하면 점점 커져요.

오늘 바로 나에게
소중한 주변 사람들에게
세상에서 가장 예쁜 말을 들려주세요.

예쁜 말을 하면
오늘 더 예쁜 하루를 맞이할 거예요.

글 김종원

인문학 공부를 하면서 말의 중요성을 깨달아 말의 힘과 삶의 지혜를 전하는 책을 쓰고 강연을 합니다. 어린이들이 하루하루 아름답게 살아가길 바라는 마음으로 「김종원의 예쁜 말 시리즈」를 쓰고 있습니다. 쓴 책으로 『나에게 들려주는 예쁜 말』 『서로에게 들려주는 따뜻한 말』 『친구에게 들려주는 씩씩한 말』 『부모의 말』 『매일 아침을 여는 1분의 기적』 『어린이를 위한 30일 인문학 글쓰기의 기적 시리즈』 등 100여 권이 있습니다.

그림 나래

대학에서 회화를 전공하고 다양한 방식으로 그림을 그립니다. 일상의 귀여움을 좋아하며, 그림으로 이야기 전달하는 것을 좋아해 그림책을 만들고 있습니다. 그린 책으로 『나에게 들려주는 예쁜 말』 『서로에게 들려주는 따뜻한 말』 『친구에게 들려주는 씩씩한 말』이 있습니다.

나에게 들려주는 예쁜 말 따라쓰기

1판 1쇄 펴냄 2024년 10월 15일
1판 5쇄 펴냄 2025년 8월 10일

글 김종원 | **그림** 나래
펴낸이 김병준 · 고세규
펴낸곳 상상아이 | **출판등록** 제313-2010-77호(2010. 3. 11.)
주소 서울시 마포구 독막로6길 11, 우대빌딩 2, 3층
전화 02-6953-7790(편집), 02-6925-4188(영업) | **팩스** 02-6925-4182
전자우편 main@sangsangaca.com | **홈페이지** http://sangsangaca.com

ISBN 979-11-93379-37-0 74810

ⓒ 김종원, 나래, 2024

* 이 책은 저작권법에 의해 보호를 받는 저작물이므로 저자와 출판사의 허락 없이 내용의 일부를 인용하거나 발췌하는 것을 금합니다.
* 책값은 뒤표지에 있습니다.
* 잘못된 책은 구입하신 서점에서 교환해 드립니다.
* KC마크는 이 제품이 공통안전기준에 적합하였음을 뜻합니다.

상상아이는 상상아카데미의 그림책 브랜드입니다.